Alte Zeit und neue Zeit

Therese Huber

Auch ein Familiengemälde

Ich habe Dir versprochen, ohne Hehl die Eindrücke zu schildern, welche nach einer Abwesenheit von zwanzig Jahren die Menschen und Gegenstände in meiner Heimath auf mich machen würden. Dinge, von denen ich Dir so oft mit Jugendglut der Erinnerung sprach! und nachdem Dir meine ersten beiden Briefe die Freude des Wiedersehens, die Wehmuth, so manche Stätte leer, so manches Haupt ergraut gefunden zu haben, schilderten, will ich Dir auch die Wahrnehmungen nicht verhehlen, zu der ein längerer Aufenthalt in meiner Vaterstadt mir Anlaß gibt.

Ich verließ sie in der Fülle jugendlichen Gefühls, und kehre, ein Vierziger, zu ihr zurück; schwärmte ich damals, wahrlich so bin ich nun ruhig; daß ich nicht kalt ward, mein guter Hartmann, danke ich Dir und Deiner lieben Frau, da Ihr mir durch den Zutritt in Euer Haus Vaterland und Familie ersetztet, und endlich, nachdem Ihr den Jüngling reifen saht, den Mann durch Eure geliebte Schwester beglücktet. Möge Gott meine Amalie in dieser Stunde und in jeder des Lebens erfreuen! Ich schreibe ihr, daß sie von Dir diese Details erhalten wird, über die wir, so vertraut mein muthiges Herz, nächsten Winter schon wieder um unsern Kamin versammelt, schwatzen werden.

Lieber Hartmann, entweder bin ich anders geworden, oder meine Landsleute, oder beides. Ich erzählte Dir ja wol oft in den ersten Jahren meiner Niederlassung in Philadelphia von unserm gesellschaftlichen Leben in **, wie die Frauen den ganzen Morgen ihren Geschäften oblägen, im Haushalt, der Kinderstube, am Nähtisch, dann Mittags der Gatte, aus den Hörsälen der Session gekommen, sich des Wohlseins seiner Lieben freute, die Knaben nach ihren Schulzeugnissen fragte, die Schreibbücher der Mädchen ansah, oder vor ihrem Nähzeug mit einem freundlichen Scherz zurückfuhr, weil ihre Kunst ihm unbegreiflich blieb dann arbeitete wieder ein Jeder in seinem Beruf; die Hausfrau mußte wol irgend einen Höflichkeitsbesuch machen oder nahm deren an, des Abends gingen die Eltern auch wol in Gesellschaft, dann ward meinen Schwestern ein froher Zeitvertreib gegeben, oder ein Buch, oder eine junge Freundin besuchte sie aber meistens versammelten sich die Kinder um die Mutter, der Vater kam, er las ihr vor, wir hörten zu, oder trieben allerlei stille und laute Künste im Nebenzimmer. Dann kamen auch einige Männer und Frauen, die Gespräch oder Lektüre theilten, und so begleitete uns mit wenigen Ausnahmen jeden Abend das Bild häuslichen Beisammenseins in die Arme des Traumes. Ich eilte oft mit meinen von Frost erstarrten Füßen in vollem Gallop nach Hause, wenn ich bei Mondschein Schlittschuh gelaufen und es sieben schlug, wo der Vater herunterzukommen pflegte denn sein Gespräch war mir vor Allen lieb, sowie auch das eines alten Obersten, der den amerikanischen Freiheitskrieg mitgemacht und mir Philadelphia zuerst bekannt machte. Und sowie bei uns, war es in den Häusern aller unserer Bekannten, und wie ich erwachsener war, brachte ich manchen Abend bei ein und dem andern zu, die mir die ehrenvolle Auszeichnung gestatteten, mit ihren Söhnen in ihren Familienkreis zu treten. Ich war wahrlich kein verweichlichter Knabe, wie nach meines Vaters Tode, der das schöne Leben störte, mein unverzögerter Entschluß, statt mein Kameralstudium fortzusetzen, nach Philadelphia zu gehen, wohl bewies aber ohne Dein liebes Haus wäre doch die neue Welt mein leibliches Grab aus Gram, oder mein geistiges durch trübsinnige Abstumpfung geworden.

Ich fand meine liebe alte Mutter in sehr beschränkter Behaglichkeit und rüstigem Alter. Das ist mehr Glück als ein reiches Erbe: seiner Mutter ein bequemes Alter geben zu können! Sie erzieht ihre beiden jüngsten Enkeltöchter von der Schwester, die vor einigen

Jahren starb. Ihr wohlhabender Vater zahlt ihr ein hinreichendes Kostgeld, aber sie erzieht sie nicht wie meine Schwestern erzogen wurden. Die hatten ein paar Unterrichtsstunden in Geschichte und Geographie, mir däucht auch in Naturgeschichte, in einem alten dialogisirten Buche, worin der Esel sehr vernünftig seine Geschichte erzählte ich weiß nur, daß die Mädchen Manches wußten, den Vater Vieles fragten, und alle wilde Thiere zu sehen gingen. Meine Nichtchen wallen in eine öffentliche Anstalt, wo ich Grund zu hoffen habe, daß sie nicht die Hälfte Dessen lernen, was gelehrt wird. Ich erschrak vor den Namen der Lehrgegenstände. Die Hälfte davon hätte mich von meiner Amalie verscheucht. Ich fragte die Mädchen ein und das andere über Geschichte so mitten aus den Zeitabtheilungen heraus. Die Kleine wußte kein Wort zu antworten, die Aelteste, von funfzehn Jahren, plapperte mir eine Menge leeres Geschwätzes her, von Völkerzügen und Staatenverein, wußte aber mit keinem einzelnen Zug irgend einer Geschichtsepoche den Geist ihrer Zeit zu bestimmen, sodaß ich mich mit einer Art Ueberdruß abwendete.

In der Naturgeschichte betete die Jüngste Classen her, die Aelteste plapperte Curiositäten herunter alles so herzlos, als spräche sie von einer Welt, die ein Kartenmacher zusammengeflickt hätte. Endlich lispelte Pinchen, die Aelteste, auch etwas von Alexander Humboldt da lief mir die Galle über ich stellte sie auf den rechten Standpunkt des besonders weiblichen, Schülers, beim Erlernen der Naturgeschichte: Gott in seinen Werken und breitete mich über den elektrischen Aal, den die Jungfer Weisheit bei Gelegenheit Humboldts genannt hatte, etwas aus. Fritze, die Kleine, hörte mir erst schüchtern, dann recht verklärt zu. Ach, wenn es ihr immer so gelehrt würde, meinte sie, würde sie gewiß viel lernen! Pinchen warf das Näschen auf und machte ein tiefes Knixchen, um dem Herrn Onkel zu danken, war aber sichtbar beleidigt. Ich bezeigte meiner Mutter meine Verwunderung, daß sie dieses funfzehnjährige Mädchen täglich sechs, acht Stunden aus dem Hause schickte, um nicht mehr zu lernen als meine Schwestern auch gewußt hätten. Sie bewies mir, daß alle Welt in die Töchterschule gehen müsse, denn diese Kinder könnten ja doch nicht zu Hause bleiben, Malchens Töchter gingen auch hin u.s.w. das hatte ich vernommen.

Wie ich meiner Mutter Wittwenhaus verließ, war meine älteste Schwester schon verheirathet; Malchen, ein Jahr jünger wie ich, hatte schon seit drei Jahren ein Liebesverhältniß mit einem recht lieben, fleißigen Menschen, der von Universitäten aus, hierher Ferienreisen machte; mir kam das damals sehr rührend vor, und ich machte aus dem künftigen Schwager meinen Damon, ja, mein erster kleiner Handelsgewinn stattete diese Schwester aus. Ich eilte, sie wieder zu sehen. Sie hat viele Kinder gehabt, wovon die zwei ältern Knaben leben und drei Mädchen, von denen das jüngste fünf Jahr alt ist. Das geht Alles in die Töchterschule. Meine Schwester war ein hübsches, sanftes Mädchen sie ist nicht veraltet, aber ihre Züge haben eine Tendenz zum Maulhängen, die ich verabscheue, und von dem ich lange nicht den Grund finden konnte, denn sie liebt ihren Mann und er liebt sie. Dieser Zug ist aber leider einer der allgemeinsten in dem Gesicht meiner Landsmänninnen. Was drückt er aus? Murren? Widerstreben ohne Kraft zum Widerstand? Bei einigen kräftigen Charakteren hat dieser untere Theil des Gesichts einen spottenden oder trotzigen Ausdruck nur bei dem kleinsten Theil schildert sich in ihm die Milde und Güte, welche ihm Jugend ersetzen und noch im Alter des Mannes Seele bewegen. Meine gute Mutter hat diesen Zug von milder Güte in einem vom Alter gänzlich bezeichneten Mund. Er sieht aus, als hätte er immer nur gebetet und gesegnet was in der Jungfrau als

Bescheidenheit, im Weibe als Liebe bezaubert, muß sich in der Matrone als Gebet ausdrücken.

Mein Schwager fand sich, wohl abgerundet, heiter und behaglich, den ersten Abend meines Hierseins bei meiner Mutter ein. Ich fand ihn wohl unterrichtet über die Geschäfte seines Berufs, und mit der Zeitgeschichte so fortgeschritten, daß er mein Bedürfniß, mich über die öffentlichen Angelegenheiten meines Vaterlandes zu unterrichten, vollkommen befriedigte. Es befremdete mich, daß er mich beim Gespräch immer auf die Seite abführte, in ein Fenster oder Seitenzimmer, und daß die Frauen, wenn es mir gelungen war, ihn neben den Theetisch zu pflanzen, sogleich stillschwiegen; die jungen Mädchen zischelten und kickerten hie und da, die Knaben gingen ins Vorhaus, Mutter und Großmutter suchten ängstlich, besonders wenn der Schwager sprach, Stille zu erhalten. Ich ward von diesen Erscheinungen zerstreut, bat die Knaben, wieder herein zu kommen, und befragte sie um ihre Beschäftigungen. Sie müssen gute Lehrer haben, aber sie sind sehr *mal appris.* Sie antworteten mit mehr Verdrießlichkeit, als Schüchternheit. Ich erzählte ihnen von unsern Schulen, unserer Jugend der strengen Zucht in der Schule, der frühen Theilnahme am öffentlichen Dienst. Was das erste betrifft, so meinten sie: »das ließ sich kein deutscher Gymnasiast gefallen.« Ich fragte sie: was sie denn thäten, wenn das Gesetz ihnen beföhle? Der älteste, ein derber Gesell, sah tückisch vor sich hin, die andern antworteten auf meine wiederholte Frage: »Ja, bei uns ist's eben anders.« Da ich mit den Knaben nicht zur Rede kommen konnte, bat ich die Mädchen, etwas Musik zu machen, da sie, bis auf das kleine Lorchen herab, alle Unterricht haben. Fast wäre mir die Geduld vergangen bei den Entschuldigungen, Weigerungen, Ausflüchten. Endlich setzte sich Pinchen hin und sang eine Rossinische Arie. Ich verstand kein Wort, stand auf, bog mich auf das Buch, das Mädchen unterbrach sich und sagte wichtig: »Von Rossini, lieber Onkel.« »Ja, das erkenn' ich, aber in welcher Sprache begreif' ich nicht.« Da entstand ein kleiner Wortwechsel zwischen meinem Nichtchen und mir, wobei sie einige unverdaute Ansichten über Harmonie und Unterordnung des Wortsinns auskramte. Mein Schwager schien an Pinchens Noth seine Freude zu haben, ich schnitt also das Gespräch ab, indem ich meine Schwester an ein paar Liederchen erinnerte, die wir in unserer Jugend gesungen, besonders an einige Choräle, welche wir unserm Vater Sonntags früh, wenn wir nicht in die Kirche gingen, vorsingen mußten. »Ach, die kenn' ich, Onkel, sagte Fritze, hocherröthend, Großmutter, das sind die Choräle, die ich in der Bodenkammer fand.« ... Ich bat sie, mir einen davon zu singen, und sie that es mit einer anfangs zitternden, aber so kindlich frommen Stimme, daß ich sie am Ende recht herzlich in die Arme schloß. Die Knaben saßen in einem Winkel des Zimmers, oder lagen vielmehr auf den Stühlen, scharrten mit den Füßen, schritten wie mit Courirstiefeln durchs Zimmer, ächzten aus Langerweile. Mir war der Gedanke peinlich, daß meine Neffen sollten mehr vernachlässigt sein, als ich mir es für möglich gedacht hatte.

Ich hatte Malchen sehr eifrig nach unserer Jugendfreundin, Julie, gefragt, einem schönen muntern Mädchen, die jüngste in unserm kleinen Zirkel, die ein paar Jahr nach meiner Abreise einen Mann geheirathet, der seitdem einen sehr schönen Weg gemacht hatte, wozu sein und seiner Frau artiges Vermögen auch beigetragen haben mochte. Sie hat keine Kinder gehabt und Malchen gestand, daß sie nicht mehr mit ihr umgehe, »weil sie ihr zu vornehm sei.« Dieser Grund jagte mir eine Röthe über das Gesicht. Wir haben ihn in unserm Lande verlernt. Sobald es am folgenden Tage möglich war, ging ich zu ihr. Die Frau ist für ihre achtunddreißig Jahre noch sehr hübsch. Sie hatte eine große Freude, mich zu sehen, fragte neugierig nach meinen häuslichen Verhältnissen, und schien nicht übel

Lust zu haben, ein bischen mit mir zu kokettiren. Ich ließ es mir gefallen, denn was ich bisher von dem innern Familienleben meiner Schwester gesehen, hatte meiner Freude des Wiedersehens die kältende Mischung des Beobachtens zugesetzt. Sie versicherte mich, sehr glücklich zu sein; ihr Mann lege ihr gar keinen Zwang auf, er gehe seinen Gesellschaften nach, sie den ihren .... »Was hat er denn vor Gesellschaften, denen er nachgeht?« fragte ich, bemüht das Gespräch so scherzend wie möglich zu halten. Sie behauptete, daß man es mir wohl ansähe, daß ich aus der neuen Welt komme, sonst fragte ich nicht so wunderliche Sachen. Wohin denn die Männer bei uns gingen? Nun, die braven ihrem Beruf nach oder ihren Privatgeschäften, dann in einen Club, und Abends zu ihren Frauen oder mit ihren Frauen zu Freunden; zuweilen in Gesellschaft, oder es kämen Männer zu ihnen im Familienkreis. »Das ist ja mächtig altfränkisch!« rief die schöne Frau mit aufgeworfenem Kopf, und lud mich ein, am Abend zu ihr zurückzukehren, wo ich sehen könnte, wie sie ihre Zeit zubrächte. Während meines Besuchs kam der Schneider und brachte Seidenmuster; eine Näherin, die im Nebenzimmer arbeitete, unterbrach uns auch ein paar Mal, endlich zogen einige Damen in eleganten Morgenkleidern herbei, die sich über einigen Verlust oder Gewinn im Spiel vom gestrigen Abend unterredeten, einige Kindbetten und Landreisen erwähnten, Alle schienen aber durch meine Gegenwart sehr verlegen. Ich empfahl mich, nachsinnend, wie das unbefangene, muthige, warme Mädchen, gegen deren Reize ich armer Junge einstens recht heldenmüthig mein blutjunges Herz vertheidigt hatte, zu so einer leeren Kokette hätte werden können? Mein Gang auf das Bureau, um mich ihrem, mir ganz unbekannten, Mann vorzustellen, war vergeblich; ich ging also meiner Schwester einen Morgenbesuch zu machen. Ich fand sie im Wohnzimmer mit Kuchenmachen beschäftigt sie gedachte mir ein Willkommenfest zu. Mir fiel das auf sie war nachlässig gekleidet vielmehr als häuslich. Ich fragte sorglos: »Machte denn unsere Mutter diese Arbeit auch im Wohnstübchen?« »Nein. Weißt Du wol, das geschah Alles in dem kleinen Gesindestübchen, weil's der Vater nicht leiden mochte, wenn Küchenwirthschaft im Zimmer war.« »Kann's denn Dein Mann leiden?« »O, dem ist das einerlei; er kommt auch erst um ein Uhr vom Bureau.« Indem kam die Köchin herein mit einem Korb voll Effecten aller Art, Zwiebeln, Butter etc., die kleine Laura hing sich an den Korb und wollte mit Allem spielen, die Mutter schob sie fort, das Kind schrie; geschwind gab ihr die Mutter einen Apfel aus dem Korb und drohte: »Der Herr Onkel wird böse! Fi doch!« Mich triebs unmuthig aus diesem Marketenderwesen nach Hause. Meine Mutter war nicht in ihrem Zimmer, ich ging ihr nach wie ein alter dummer Junge; da stand sie in ihrem reinlichen Hauskleide, mit einer großen Schürze angethan, in der Küche, und machte einen Teig. Ich schalt sie, daß sie in dem feuchten Wetter diese Arbeit in der Küche mache: »Ei, seht die Hoffart! ich habe kein eigentliches Gesindezimmer, und soll doch den Wust nicht ins Wohnzimmer tragen? das würde Dir schlecht gefallen. Das Fleckchen, wo der Mensch seinen Tag zubringt, muß nichts von der Küche wissen.«

Bei Tische hatte ich ein langes Gespräch mit ihr, das damit begann, daß ich sie fragte: Warum Malchen nicht ihrem Beispiel folge, ob ihr Mann dagegen gleichgültig sei? »Ja freilich! Ich selbst weiß nicht recht, wie sich das so eingeführt hat? Lieber Karl, ich nehme, seit Du da bist, wohl wahr, daß sich manche Sitte geändert hat. Die Männer sind nicht mehr wie Dein Vater; damals war das innere Hauswesen die Hauptsache, jetzt ist's das Besuchzimmer. Hast Du Malchens Besuchzimmer nicht gesehen? Nun, Du wirst Dich morgen wundern.«

Am Abend stellte ich mich bei meiner gefährlichen Freundin ein. Ich fand ein Dutzend Frauen in zierlichem Putz um den Theetisch versammelt; ob sie gesprochen hatten, weiß ich nicht jetzt schwiegen sie; ein ziemlich junger Mann saß neben der Frau vom Hause, sie hieß ihn Vetter und bat ihn, den Kreisrath zu ersuchen, daß er, ehe er ausgehe, einen Augenblick hereinkommen möchte. Der Vetter brachte ihn sogleich mit sich zurück, und das dürre, gewandte Männchen mit lebhaften Augen und einer Satyrnase begrüßte mich sehr unbefangen. Wir gefielen uns, glaub' ich, gegenseitig; der Mann fragte gescheut, und ich suchte durch meine Antworten zu erfahren, ob er aus deutlicher Absicht oder nur um des Gesprächs willen gefragt habe. Unser Gespräch fand, wie das gestrige mit meinem Schwager, in einer Fensterecke statt. Nach einer Stunde that Herr v. Golder einige lose Fragen an ein paar der jüngern anwesenden Damen, und begab sich, nachdem er Alles angewendet hatte, mich der Gesellschaft abwendig zu machen, nach einem Gasthof, wo ein großes Männersoupée stattfinden sollte. Der erste Seefisch war angekommen. Die Damen setzten sich bald zum Spieltisch, der Vetter ordnete die Partien, und war sichtbar die rechte Hand der Dame vom Haus; diese meine schöne Freundin hatte gerechnet, mich zu ihrer Partie zu ziehen ich hatte mir aber fest vorgenommen, während meines Aufenthalts nicht zu spielen, blieb deshalb standhaft und schlich mich, dem Werth der versammelten Gesellschaft alle Gerechtigkeit widerfahren lassend, hinweg.

Darin bestand also Juliens »vornehmes Leben,« wie es meine Schwester genannt. Mit einer Art Herzweh wagte ich's, obgleich es schon spät am Abend war, meine Schwester noch einmal zu besuchen. Meine Mutter erwartete mich nicht zum Essen, sie meinte, daß man bei Frau v. Golder soupiren würde. Ich fand die Treppe und den Vorsaal finster; Klärchen, die älteste Tochter, kam mir mit dem Licht entgegen, indeß im Zimmer ein lebhaftes Rufen über die Finsterniß in unangenehmen Tönen erscholl. Klara zündete ein zweites Licht an, die Magd räumte einige Teller hinweg; es roch gar heimlich nach irgend einem nationalen Leckerbissen. Die Knaben traten in einen Winkel, wo sie sich balgten; Lore lag schlafend auf der Mutter Schooß, diese suchte sie zu ermuntern, damit die älteste Schwester sie zu Bette bringen könnte, das Kind heulte, und nun legte sie die Mutter bequemer und behielt sie auf dem Schoos. Nachdem der Tisch abgeräumt war, gingen die Töchter in ihr Schlafzimmer, die Mutter befahl den Söhnen zu Bett zu gehen, weil sie doch nichts Vernünftiges machten. »Um halb zehn, liebes Malchen!« rief ich. »Ach, ich bin so froh, wenn sie zur Ruh sind! ehe hab' ich doch keinen guten Augenblick.« Die Knaben polterten bereitwillig zum Zimmer hinaus.

»Dein Mann speist wol auch im rothen Adler?« »Wie kommt Dir das bei? Nein, dazu ist er ein viel zu guter Hausvater, da essen sie die Portion zu achtzehn Groschen, den Wein nicht gerechnet. Miller geht in die Harmonie und ißt sein Stückchen Schinken zu seinem Schoppen Wein ...« Kurzum ich hörte nun, es sei Sitte, daß der Hausvater nach gethaner Arbeit in irgend ein öffentliches Haus gehe hier heißen sie's Harmonie oder in einen Gasthof, oder in beide nacheinander, wo er dann in der Harmonie Zeitungen und Broschüren liest, nachher auch, wie meine Schwester sagt: »seinen Schoppen trinkt ....« »Und da bist Du alle Abende allein?« »Du hast ja gesehen, daß es mir nicht an Gesellschaft fehlt,« antwortete Malchen sichtbar aufgeregt. »Und wann sieht dann der Vater die Kinder, oder beschäftigt sich mit der Söhne wissenschaftlicher Ausbildung?« »Er bezahlt ihnen ja Lehrer und einen Repetenten.« Mein Blut kochte. »Da trägt ja ein Hausvater wöchentlich einen bestimmten Theil seines Erwerbs in den Gasthof, ohne daß seine Familie den geringsten Theil an dem Genuß nimmt.« »Das sage Du Deinem Schwager.« Ich ging heftig bewegt im Zimmer umher. Mein furchtbares Unrecht, dieses arme Weib auf seine Entbehrungen aufmerksam zu machen, entging mir nicht; dennoch ward ich, aus einem Trieb zu helfen, fortgerissen mehr zu sagen. »Also die Art Gastfreiheit, mit der unsere Eltern Abends ihre Suppe dem hinzugekommenen Freunde anboten.« .... »Mein Mann nimmt oft Fremde in die Harmonie, oder führt sie mit sich in rothen Adler speisen.« »Und Du?« »Das ist mir ganz recht. Der eine Gast kostet im Wirthshaus nicht so viel wie ein Diner kosten würde, was bei zwei Mägden viel Last macht.« »Aber Deine Töchter müssen doch in der Küche helfen?« »Die sind ja den ganzen Tag in der Töchterschule.«

Ich wußte mir gar nicht mehr zu helfen! Ich dachte: da hat Dir und Deinem Hartmann Gott die Gnade verliehen, daß ihr in der neuen Welt auf der jungen Erde, die vor sechzig Jahren noch keines Menschen Wohnung trug, der Väter Sitte treu bewahrt habt, und auf dem festen alten Vaterlandsboden finde ich ein Umkehren der Begriffe, daß ich die Kinder meines Vaters kaum mehr erkenne. Plötzlich fiel mir Göthe's Wilhelm Meister ein erinnerst Du Dich, daß er Wilhelms Schwager diese Wirthshausgastirung, das Wirthshausgehen, das Verschließen seines Hauses vor wirklicher Gastfreundschaft mit breiter Selbstzufriedenheit anpreisen läßt? Göthe hat in prophetischem Geiste gesprochen hier sah ich diese freudlose, freundlose Maxime ausgeübt.

Ich bin nun seit mehreren Wochen hier, ich habe alle meine alten Bekannten wieder gesehen, manche neue Bekanntschaft gemacht. In einem freien Lande, in einem Lande, wo des Landes Wohl jedes Bürgers persönliche Angelegenheit ist, da sind Männervereine eine nothwendige und heilsame Sache. Jeder Bürger hat etwas zu sagen, zu hören, zu beurtheilen, in den öffentlichen Angelegenheiten zu berathen. In so einem Lande ist es nützlich, daß der Mann eine Stunde mit Männern sei; wo diese Ursache hinwegfällt, müssen diese öffentlichen Vereinigungspunkte, sobald sie des Mannes tägliche, ja einzige Erholung werden, die Urbanität aufreiben. Die gesellschaftliche Unabhängigkeit, die da selbst jeder für sein Geld hat, enthebt ihn in dem äußern Benehmen der Zuvorkommung gegen Andere, sowie der Beherrschung seiner selbst. Was nicht gesetzlich verboten ist, erlaubt er sich, und das führt ihn auf ein so weites Feld, daß er sich dem König Nebukadnezar dort zugesellen könnte, wenn er nur den andern Gästen nicht unter die Füße lief.

Ich nehme natürlich die Männer aus, die zum Lesen diese Orte besuchen Dann haben sie aber einen andern Nachtheil wenn unser Vater sich ein Buch verschafft hatte, das außer seinem Amtsbezirk lag, so setzte er sich Abends damit zu uns in das Wohnzimmer, besonders wie die Geschwister nicht mehr klein waren; oft las er der Mutter daraus vor. Ich weiß wohl, wie ich dann von meiner Ausarbeitung hinhorchte. »Willst Du recht zuhören, so komm her, aber dann mußt Du Dein Pensum später machen, und es darf kein Deut fehlen!« erscholl endlich des Vaters Stimme; da flog ich hin und hielt meinen Schwestern Garn oder schnitzelte Zwirnbretchen, und wenn ich nach dem Abendessen das Pensum vollendet hatte, brachte ich's noch dem Vater in sein Zimmer. Gott gebe ihm die süßeste Ruhe! Ich sehe ihn noch, wie er mir freundlich zunickte. O mögen meine Söhne ein so liebes Bild von mir behalten, wie der liebe Greis mir zurückließ!

Dieser Vortheil der gemeinschaftlichen Lektüre, oder doch des gelegentlichen Mittheilens, fällt weg, wenn der Hausvater außer dem Hause liest. Aber was thut indeß die Frau in dem herrnlosen Hause! Sie wird erste Hausmagd, wie meine Schwester, oder eine kalte Hausherrin, wie Frau v. Golder. Malchen hat wol gefehlt, wie die meisten Frauen fehlen mögen sie hat die ersten Schritte zu den jetzigen Verhältnissen nicht sogleich erkannt, und erst wie das Uebel sich festgesetzt hatte, nahm sie es wahr. Ein Hauptgrund zu dieser Ausartung des Familienlebens mochte auch in dem ewigen Länder- und Herrntausche liegen, der ein Dutzend Jahre in Deutschland stattfand. Dieser zog eine Veränderung der Beamten nach sich, ein Voneinanderreißen und Zusammensetzen, das den althergebrachten Maßstab gesellschaftlichen Aufwandes zerbrach. In unserm Residenzchen, zum Beispiel, waren die Bedürfnisse des Luxus und deren Befriedigung von Alters her classifizirt. Die Kaufmannsfrauen hatten ein Ideal von Pracht, die Beamtenfrauen, der Hof ebenfalls. Jeder Stand wetteiferte unter sich; da konnte es nie sehr weit gehen; aber hinüberzugreifen in den höhern Stand, hätte man für eine Art »sich wegwerfen« gehalten. Jeder Stand hatte seinen Stolz. Nun wurden aber plötzlich die Beamten aus der Residenz in Landstädte versetzt, Adelige in bürgerliche Stellen, Bürgerliche bekamen Adelsrang, Kaufleute bekamen Titel, Landleute wurden in die Städte versetzt, ihr Standessinn ward ihnen genommen, und Bürgersinn können diese Leute doch wol nicht in sich entwickeln[1]. Nun griff in seinem Streben ein Jeder in des Andern Gebiet; Gleichheit entstand nicht, aber Verwirrung der Ansprüche; Jeder erklärte die Erhebung, zu welcher er auf Kosten des Andern gelangen konnte, für eine gute Prise und so entstand ein Luxus, den man nicht über den Stand nennen kann, aber über den Beutel. Deine Eltern haben dir den Charakterzug von uns Deutschen: die Putzsucht und den Einfluß eines bessern Rockes, nicht bekannt machen können; in Amerika hatte das zu wenig Interesse; so lange ich unter meinen Landsleuten lebte, habe ich das auch nicht so gewußt, ich kam erst zu einer Erkenntniß davon, wie ich ein geschmackloses, aber historisch sehr merkwürdiges, altes deutsches Gedicht las das älteste, was wir haben wo Du aber um Gotteswillen weder an Ossians Heroenlieder, noch an des Cids edle Romanzen denken mußt genug, in diesem Gedicht, das den rohsten Zustand des gesellschaftlichen Vereins schildert, spielen die schönen Gewande und Juwelen immer eine große Rolle, und von da an fand ich überall bei uns Deutschen eine entschiedene Neigung zum Putz. Doch das führt mich ganz von meinem Gegenstand ab.

Malchen hatte nicht den Muth, der Zunahme von Luxus, der zu Anfang ihrer Ehe stattfand, zu widerstehen und die Fülle des Nothwendigen dem spärlich Ueberflüssigen vorzuziehen. Die Hauskleidung ward nachlässiger, weil man sich außer dem Hause putzte; die Ueberraschung freundlicher Gäste hörte auf willkommen zu sein, weil man am täglichen Tisch das seltene Gastmahl absparte. Nun kamen Kinder auf Kinder; die Frau fand eine Erleichterung darin, daß der Mann zuweilen den Abend fortging, wo denn die kleinen Gesellen ungezähmt schreien konnten denn von strenger Zucht weiß ein weiches Mutterherz nichts, wenn kein großes Gefühl die kleinen Sorgen veredelt. Gern ließ man den fremden Gast in den rothen Adler zum Mittagessen führen; die Hausfrau machte sich indeß einen Ruhetag, indem sie fast nichts kochen ließ, denn dieses thut man bei so viel häuslicher Last nur, um den Hausherrn zu befriedigen. Nun war auch keine häusliche Ueberraschung zu befürchten, denn der Mann brauchte den Fremden der Hausfrau, die nicht für ihn kochen und braten sollte, gar nicht mehr vorzustellen. Waren den nächsten Mittag die Kinder still und der Mann gut gelaunt, so erzählte er der Frau ein und das andere von dem Rothen-Adler-Essen, und die Gute spähte im Kochbuch nach, wie sie es auch kochen könnte, und war sehr froh, wenn der Eheherr, gut gelaunt, die Nachahmung lobte. Nach und nach wuchsen die Kinder heran, die Schulclassen folgten mechanisch, der Vater bekümmerte sich um das Erlernte wenig, nur um die Feststellung und Bezahlung der

Stunden. Alle vier Wochen wird Sonntags einer der Lehrer *en famille* zum Mittagessen geladen und um den Sohn befragt. Der wackere Mann antwortet, die Füße unter des Herrn Steuerraths Tisch, seinen Löffel vor dem Munde. So steht's mit dem Unterricht; die Zucht bleibt der Mutter ohnehin überlassen; aber die weibliche Autorität ist bei Knaben sehr leicht compromittirt. Schon ihre wissenschaftliche Bildung, in welcher sie sich eines, dem Weibe so überlegenen, Strebens bewußt sind, schwächt gewissermaßen der Mutter Herrschaftsmittel. Allein noch vielmehr werden diese durch das wenige Ansehen geschwächt, das der Vater der Mutter im Innern des Hauses einräumt. Beseitigt nun nicht eine, dem Geschlecht seltene, Festigkeit diese Hindernisse, so ahmt der Sohn dem Vater in Vernachlässigung gegen und Ansprüche an die Mutter nach.

Eine Entschädigung konnte sie noch hoffen: die Natur verweist die Mutter an die Töchter, um im Fortschritt der Jahre Gehülfinnen, Vertraute, Gefährtinnen in ihnen zu finden. Auch diesen Naturgang haben die neuen Gewohnheiten gestört. Der Unterricht in öffentlichen Anstalten trennt die Töchter den größten Theil des Tages von der Mutter, und nimmt ihnen das festeste Interesse für den Haushalt: das der Gewohnheit; auch entfernt es in den meisten Fällen die Tochter geistig von der Mutter, weil der Kenntnißkram des neuen Unterrichts der Mutter in der gelehrten Schulform wenigstens fremd blieb, der Erwerb des Unterrichts also nicht Band der Geister und Herzen zwischen Mutter und Tochter werden kann.

Glaube nicht, daß mir Malchen diese Dinge als Klage vorbrachte, daß ich sie nur in ihrem Hause wahrnahm. Auf und ab, mehr oder weniger wiederholen sich diese Misverhältnisse in allen Familien des Mittelstandes, also in dem Heerd der geistigen Nationalität. Deshalb konnte ich sie überall beobachten. Fremde aus mehr wie einer ansehnlichen Stadt unsers Vaterlandes, die ich über diesen Gegenstand sprach, versicherten mich, daß diese Misverhältnisse sich überall glichen, wenig Ausnahmen fänden, von manchem hellsehenden Mann bedauert würden, aber mit so vielen Erzeugnissen der Zeit verwachsen wären, daß die Abänderung ihnen unmöglich schien.

Mein nächstes Augenmerk ging nun darauf, zu erforschen, ob der Unterricht in den Töchterschulen auf die Ehen, welche mit deren Zöglingen geknüpft worden waren, Wirkung gehabt habe. Als altes Stadtkind kamen mir die treuen Herzen, und als Atlantiden die Neugier meiner guten Landsleute entgegen; man behandelte mich recht freundlich. Ich hatte nun einen neuen Standpunkt für meine Beobachtungen gefaßt, fand ein Geschlecht, das von meiner Schwester Zeitgenossen sehr verschieden war, aber von unsern Begriffen häuslichen Glücks nicht weniger fern. Ich hatte mich einerseits vor dem Einfluß des wissenschaftlichen Unterrichts gefürchtet, besorgte, belletristische Trödelladen statt Hausstand zu finden; andererseits dachte ich mir's auch möglich, daß der junge Ehegatte, in seiner Frau so manchen wissenschaftlichen Anklang vorfindend, diese zur Genossin seiner erheiternden Geistesbeschäftigung, hie und da zu seiner Deotima gemacht hätte. Gottlob! ich fand diese letzte Vorstellung als Ausnahme hie und da gar rührend realisirt. Ich war Zeuge, wie in den Abendstunden das liebe Weibchen leise aus dem Kinderstübchen schlich, wo sie ihre Lieblinge zur Ruh gebracht hatte, und der Mann, als sei nun seine Freudensonne aufgegangen, mir Manches aus seinem Schreibtisch mittheilte, bei dem ich in den Zügen des lieben weiblichen Wesens las, daß sie sich schon daran gefreut hatte, ja mehrmals, bei Gedanken, die mich besonders ergriffen, sagte mir der Gatte mit männlich schöner freudiger Scham: »Das verdanke ich einem Gespräch mit meiner Frau.« Oder: »Das ward mir erst durch einen Widerspruch meiner Frau klar.« Diese bescheidene Theilnahme der Frau nahm ich nicht nur an schönen Künsten wahr, sondern an jedem vernünftigen Gespräch, schweigend und mitredend, sodaß es sichtbar ward, ein geistiges Band vereinte den Bürger mit der Gefährtin seines Lebens.

Daß die Aeußerlichkeiten eines neuen Haushalts vom Jahr 1821 verschieden sind von einem solchen von 1800, das versteht sich nur fand ich, wo ich diese glücklichen Ausnahmen antraf, diese Aeußerlichkeit am wenigsten verändert, das Geräth am einfachsten, den Nähtisch der jungen Frau mit großen Haufen Leinwand bedeckt, die Kleidung so eingerichtet, daß sie ihre Knäbchen, ihre Mädchen ohne Leidwesen an sich hinan konnte klettern lassen, und trotz der eleganten Nettigkeit des Leibchens sich recht flink bücken, um ihnen das Näschen zu putzen. Um solche herrlich liebe Ausnahme zu erziehen, bedurfte es nun aber keiner großen wissenschaftlichen Bildung, denn mit anderer Aeußerlichkeit war manche unserer Mütter so ausgebildet ohne Formenlehre, Anthropologie und wie der Kram heißt.

Gut mit Freuden schilderte ich Dir die Ausnahmen sie treffen Menschen, die ich vorher nicht kannte, für die ich keine Vorliebe habe, deren Interesse, Bildung, Ehrgeiz, Bestreben von dem meinen so verschieden sind, daß ich sie zu meinem vertrauten Umgang nicht nehmen würde. Die Wirkung des verschiedenen bürgerlichen Treibens auf den gesellschaftlichen Umgang ist gar wunderlich! Wir sehen Beide, diese Menschen und ich, denselben Gegenstand, aber Vordersatz und Folgerung sind ganz verschieden, weil wir ... der Eine von Osten nach Westen her ihn ansehen, der Andere von Westen nach Osten. Aber betrachten wir die Masse des neuen Geschlechts, welches die heutige Erziehung bildete, da wirst Du mich geradezu für einen Träumer halten, wenn ich Dir sage, daß sie von den Zeitgenossinnen Julchens und meiner Schwester gar wenig verschieden ist. Nur mit dem Unterschied, daß der Charakter von Julchens Ehe allgemeiner ist; Weiber, die wie Malchen sich zu abgelohnten Haushälterinnen haben herabdrücken lassen, gibt es unter den ganz jungen Frauen weniger. Viele Frauen dieses Charakters haben, statt der trüben Resignation, welche den trostlosen Zug des Maulhängens veranlaßt, im fortgesetzten Lesen heillos fader, oft zuchtloser, noch öfter halb verrückt mystischer Romane einen Ersatz für die Leere ihres vereinzelten Lebens gefunden. Wenn ich mir das tägliche Leben einer jungen Hausfrau denke, deren kleinliche Detailsgeschäfte durch keinen geistigen Gesichtspunkt, weder religiös, als Sandkorn zum Weltenbau angesehen, noch bürgerlich, als Beförderung zum Vaterlandswohl, veredelt werden; die den Dank des Gatten höchstens beim gelungenen Judenkarpfen in seinem bessern Appetit erkennt; die bei der Erziehung keinen Beistand und Berather, nach vollendetem Taggeschäft keinen Aufschwung zu höhern, allgemeinen Begriffen genießt wenn ich mir dieses verarmte Wesen mit so einem der tausend Romane beschäftigt denke welch eine Wirkung können sie hervorbringen? Keine, mein Freund, als ein Leben im Traum, das nicht einmal Sehnsucht erzeugt; denn die Geschichten sind meistentheils so abenteuerlich, daß sie nicht, wie unsere ehemaligen Romane, romanesk machen, wie wir's nannten, daß sie eben so wenig, wie tausend und eine Nacht, verleiten werden, auf Talismane und Genien zu hoffen, sondern sie geben dem verstimmten, ermatteten weiblichen Gemüth einen Opiumzustand, wo lebendige bunte Bilder die Hausquengeleien zur Seite schieben, bis der Ehemann aus der Harmonie oder dem Gasthof nach Hause kommt, wo dann die junge Frau den Abhub des täglichen Lebens aus seiner Hand zu empfangen bereit sein muß.

Nach meiner Ansicht werden die spätern Jahre dieser Frauen von denen meiner Schwester wenig verschieden sein. Ihre Töchter sind durch die jetzige Unterrichtsweise bis ins funfzehnte, sechszehnte Jahr von der Theilnahme an häuslichen Geschäften ausgeschlossen; hört der Unterricht auf, so tritt das Jüngferchen in die Gesellschaftswelt, und nun erwachen Gefühle, die, wenn sie nicht durch häusliche Gewohnheiten gefesselt sind, von ihnen abwenden; das Mädchen denkt sich seine eigene Wirthschaft so nahe, daß es die der Mutter gleichgültig ansieht; sie hat auch so viel Superfeines an schönen Künsten gelernt, das hat Geld gekostet, sie soll's nun üben Musik, Zeichnen, Sticken. Nun! bekommt sie bald einen Mann, so geht das Alles unter, in einem Malchens-Charakter, oder es keimt zur Entartung auf, wie in Juliens, und die Frau verkrüppelt als geduldige Matrone, oder lebt, wie Julie, in herzlosem Scheinleben, bis das Alter die Ecken abschlägt, womit der kühnere Charakter scharf an eine Wirklichkeit anstieß, die er nicht richtig aufzufassen verstand.

Ich kann nicht leugnen, daß mich der tägliche Umgang mit meinen alten Bekannten schmerzlich anregte. Mit meiner Mutter allein sprach ich über den falschen Gang der Bildung, den meine Freunde genommen hatten und die ich das junge Geschlecht nehmen sehe. Die liebe Frau gab mir in Allem Recht, sie hat dafür einen Beruhigungsgrund gefunden, der aber nur ihr mildes Gemüth beweist. Sie meint, ihre Großmutter hätte das Mitgeschlecht eben so ausgeartet gefunden, wie mir das mitlebende vorkommt, »und da ich nun, macht sie ihren Schluß, so gut und glücklich mit Deinem Vater lebte und so gute Kinder erzog, so denke ich, daß der jetzige Weg wieder zu einem guten Ziele führen soll.« »Aber, liebe Mutter, haben Sie denn sich hingesetzt und haben feine Sächelchen gepestelt, indeß die gedungene Näherin die Hauswäsche nähte? Habe ich denn dürfen aus dem Gymnasium nach Hause kommen, Thüre zuwerfen, neben Ihrem Tisch vorbeistampfen, daß Ihr Gespräch lauter werden mußte, um hörbar zu sein, dann mich schief auf den Stuhl strecken, den Hund zerren, mitten im Gespräch das Vesperbrot fordern, habe ich das gedurft? So sah ich's bei Malchen, und bei –, und bei –.« Ich rechnete ihr nun die Häuser her, wo ich meine ärgerlichen Beobachtungen gemacht hatte, und deren Liste ich noch hätte sehr verlängern können. Sie ward still, sagte dann aber weichmüthig: »Soll ich's denn dem armen Malchen erst recht fühlbar machen, wie in ihrer Ehe und den meisten des heutigen Tages der Geist Deines Vaters n i c h t athmet? Ach, sie hat's tief genug gefühlt! Sie hat manchmal da gesessen und geweint: Bin ich denn zu nichts gut, als die erste Magd im Hause zu sein? rief sie mit Thränen; sind mir nur alle Sorgen beschieden? Hat Miller nicht versprochen, mein Gefährte zu sein in Freud und Leid? Sie sagte wol ärgere Sachen: die Bruthenne hätte es besser, der helfe der Hahn Körner lesen; und: sie möchte lieber Haushälterin sein, wie Frau; wenn jene sich des Tags über gequält hätte, so würfe sie Abends mit der geschlossenen Rechnung die Bekümmerniß von sich, aber so gut hätte sie's nicht.« »Nun, und jetzt ist Malchen zufriedener?« »Was soll sie denn thun? Miller ist ein sehr rechtlicher, angesehener Mann, er schenkt ihr, was ihre Augen wünschen, sie könnte das ganze Jahr ins Theater gehen.«

Ich konnte das nicht länger ertragen, und brach das Gespräch ab: Mir blieb noch ein altes Freundespaar wiederzusehen, Laland, ein Universitätsbekannter, der noch zu meiner Zeit ein recht hübsches Mädchen mit einigem Vermögen geheirathet hatte. Meine Bekannten sagten mir, er habe ein Landgut gekauft, das er selbst anbaue, ein Paar Söhne habe er in Schnepfenthal, die Mädchen erziehe er mit der Mutter ohne andere Lehrer, der Mann lege in Alles was Besonderes; er habe sich bei den Landständen gar unnütz gemacht, bald für die Opposition, bald für die Minister gestimmt, und werde wol bankerott machen, denn er baue seine Felder neumodig und verführe seine ganze Gegend zu neuen Methoden. Das machte mich schüchtern, aber Frau v. Golder drohte mir mit einem Christfest, dem ein gewaltiges Souper folgen sollte, Schwager Miller sprach davon, daß ich am ersten Feiertag nothwendig des Fürsten Geburtstag mit einem Männerschmaus im rothen Adler feiern müßte. Ich sagte zu allen: Ja! setzte mich am Christabend zu Pferd und trabte nach Eichenhall, Lalands Landgut.

Es war ein milder Wintertag, wo der Rauch so gerade aus den Dorfschornsteinen emporsteigt, die Krähen auf dem Schnee spaziren, und der Reif so leise von den kandirten Bäumen sinkt. Eichenhall war in der alten Ordnung der Dinge eine Domäne, ich hatte als Knabe den damals dort stationirten Oberamtmann öfters besucht, er erlaubte mir auf den Dohnstrich zu gehen und Sperlinge zu schießen. Ich kannte deshalb das ganze Lokal. In fünf Stunden war ich da es war schon ganz dunkel, kein Knecht war im Hofe zu sehen und zu hören, der Hund bellte und knurrte, lag aber noch an der Kette. Doch im Familienzimmer hörte ich's jauchzen und jubeln. Mir ward ganz wunderlich zu Muthe unter dieser meiner Jugendumgebung, von keinen veränderten Menschengesichtern entfremdet. Studentenmäßig band ich mein Roß an das Treppengeländer und stieg hinauf kein Licht im Vorplatz, die Küchenthür geschlossen, des Amtmanns Zimmer eben so ich entschließe mich kurz, klopfe ans Familienzimmer, leise, lauter da öffnet sich die Thür von innen, ein Knecht mit einem ächten fränkischen Birnenkopf guckt heraus, und von mir ab ins Zimmer, indem er mir gleichsam Platz macht. Welch ein buntes Gewimmel traf ich da an! Mitten in dem großen Zimmer stand ein Tisch mit einem ungeheuern Weihnachtsbaum, rund umher lagen in vier Abtheilungen die Geschenke der vier ältern Kinder, rechts stand ein Kindertisch mit einer ganzen Schreinerwerkstätte, für Kinderhände fast zu derbes Kaliber, daneben saß ein sechsjähriger Knabe auf einem Schaukelpferd, eine schöne neue Pudelmütze über den lebendigen Augen, einen halben Maaskrug mit zinnernem Deckel in der einen Hand, eine Art Wurst, wie der Pagat im Tarok, in der andern, und ein kleines Brot unter dem Arm mit diesen Besitzthümern hatte sich der Bursche in eine solche Seligkeit eingewiegt, daß er nichts mehr wahrnahm, was um ihn herum vorging. Ich hatte diese unnachahmliche Gestalt kaum ins Auge gefaßt, so rief Laland: »Wilhelm Kempe! Wilhelm! Sara, das ist Wilhelm Kempe aus Philadelphia!« Und herbei flog eine nettes Frauchen von sechsunddreißig Jahren, die betroffen, erfreut, nachdem ich mich aus des Freundes Armen losgewunden hatte, mir die Hand herzlich drückte. Nun besah ich mir die Gegenstände umher. Die Söhne waren in der Vacanz bei den Eltern und standen, zwei blühende Knaben, neben den niedlichen Schwestern, den Uebermeermann freundlich betrachtend; zwei Mägde und zwei Knechte hielten sich, freudeglänzend, zu zwei und zwei an einem Tisch auf, und zeigten sich einander ihre Geschenke, Alles sprach Friede und Freude. Endlich rief Laland: »Wie kamst Du aber herein?« »Ach, das weiß mein Pferd am besten, das steht draußen und harrt aufs Christkindle.« Die beiden Knaben ließen Alles im Stich und flogen zu dem herrlichen Geschäft, mein Pferd zu besorgen, Laland gab einem der Birnenköpfe seine Befehle, sie nahmen ihren Kram auf den Arm, gingen zu Madame Laland, kratzfüßten, kratzten sich schmunzelnd hinter den Ohren und trabten fort. Bei den Worten, Pferd und Christkindle war der wonnetrunkne Reiter aufmerksam geworden, er hielt ein, sah mich an und fragte mit drolligem Ernst: »Du wartest aufs Christkindle?« »Ach, ich bekomme wol leider keins, antwortete ich, zu ihm tretend, die Mutter hat mir keins bereitet.« »Aber der Vater? Der gab mir das Pferd, und die Geschwister die Wurst und

Kanne und das Brot.« »Lieber Knabe, die mir Christkindle geben könnten, sind alle weit weg!« Ward ich alter Geck doch ganz weich bei diesen Worten. Oh! rief der kleine Reiter bedenklich, stieg von seinem Pferde, legte das Brot auf den Sattel und ging zur ältesten Schwester, mit der er etwas abhandelte. Nach einigen Worten schien er sehr froh; ich sah, daß von jedem Bescheerungsplatz etwas Zuckerwerk auf einen Teller gelegt wurde, dann fügte Stephan, so hieß der Reiter, auch einige Stücke seines Backwerks dazu und brachte mir's mit einem allerliebsten Ernst: »Da, lieber Mann. Nun hast Du auch ein Christkindle!« Ich dankte, ohne ihn zu loben, sehr lebhaft, hielt den Teller auf den Knien und that, als äß ich eifrig; dazwischen sagte ich: »Ja, das ist ein Christkindle!« Stephan sah mir freudeglänzend zu; plötzlich aber blickte er auf seine Wurst, die er immer wie einen Commandostab hielt, dann wieder auf meine lustig geschäftigen Kinnladen ehe ich mich's versah, nahm er seine Knackwurst, brach sie über dem Knie in zwei Stücke, legte das eine auf meinen Teller, und rief mit höchst drolliger Emphase: »Aber nun ist's erst eine Pracht!«

Das erzähle ich für mein gutes Weib in Philadelphia wirklich, nur ein Vater, der seinem Weibe erzählt, kann. solche Kleinigkeiten beschreiben diese sind aber innig lieb!

Nun! der Christabend war vorüber und die Feiertage, und noch immer konnte ich von Eichenhall nicht fortkommen. Da hatte ich endlich wieder häusliche Sitte, gebildeten Mittelstand gefunden. Laland ist wohlhabend, aber er spart für seine Kinder, und gibt für sie aus. Die Söhne hält er in einer guten öffentlichen Anstalt für besser versorgt, wie zu Hause, weil sie Kameraden, strenge Ordnung, vielseitigen Unterricht und stete männliche Aufsicht haben; dabei glaubt er, daß die Kindes- und Geschwisterliebe nur religiöser, reiner, idealischer werde. Ist die Milde, die innige Liebe, der Freimuth, das wissenschaftliche Streben der Knaben (von sechszehn und vierzehn Jahren) Folge dieser Grundsätze, so möge sie doch Jeder befolgen! Die Mädchen hingegen kommen nie, des Unterrichts wegen, aus dem Hause. Bisher unterrichtete sie der Cantor im Schreiben und Rechnen, die Mutter in Geschichte und dergleichen ganz unsystematisch, durch Lesen, Erzählen und stetes Hindeuten auf das praktische Leben. Die Mädchen wissen erstaunlich Vieles und haben's mit ihrem Denken und mit ihren Ansichten vereint; Laland will ihnen nun den nächsten Winter einen systematischen Unterricht geben, in dem sie selbst sich Tabellen machen sollen u. dergl. Die Mutter gestand mir, sie habe erst mit den Kindern gelernt; nun wisse sie freilich mehr wie sie. Die Mädchen haben zu Allem Zeit; denn ich sehe sie an jeder Hausarbeit Hand anlegen; sie singen wie die Lerchen, mit freudigem Herzen und fester Tonleiter, die ihnen der Cantor gelehrt. Klimpern thun sie auch, aber nur zum Gesang. Zeichnen lehrte sie ein junger Maler, der hier in der Gegend viel Studien machte; die Aelteste hat Anlage, sie zeichnet die zierlichsten Blumen nach der Natur und so treiben diese Mädchen als Sonntagsbeschäftigung und Erholung, was meinen Nichtchen Lebensziel ist. Nichts fröhlicher wie die Abende nach den Feiertagen, wo man die Nachbarn mit einem einfachen, fröhlichen Mahl bewirthete, das der Hausfrau wenig Störung, dem Hausherrn wenig Kosten gemacht hat nichts fröhlicher nach diesen, wie die Abende im Familienkreise dieser Menschen! Die Knaben jagten und studirten den größten Theil des Tages, dann brachen sie Welschkorn auf, machten Pappdeckel-Kunstwerke, strickten Netze; die Mädchen arbeiteten, da es Feierabend war, an zierlichen Spielereien, und wir Aeltern schwatzten, oder beantworteten die Fragen der Knaben, die oft von den neugierigen Schwestern angeregt wurden, weil sie selbst, aus lieblicher Schüchternheit, nicht sie vorzutragen das Herz hatten. Eine Stunde lang setzte sich auch die Mutter an den Flügel, und die Brüder hatten die Gefälligkeit, mit den Schwestern zu walzen denn das war eigentlich nicht ihre Sache dagegen sangen die Mädchen Körners Kriegslieder mit ihnen, oder andere solche Gedichte, in denen meine Landsleute den Mund ungeheuer voll nehmen. Der immer zunehmende Glanz in den redlichen braunen Augen der Knaben, wenn ich ihnen von der Gesetzgebung unsers Landes und der Gleichheit unserer Rechte erzähle, ist erfreulich anzusehen, und verspricht ihrem Fürsten einst ein paar tüchtige, seine guten Absichten fördernde, Staatsdiener denn die Knaben wollen beide studiren.

Indem ich Laland meine Freude an seinem Hausstand ausdrückte, sagte ich ihm, daß ich glaube, er habe sein Glück nur auf dem Lande zu gründen vermocht, in der Stadt wäre das unmöglich gewesen. Er bestritt dieses, und führte mir aus verschiedenen Standesklassen einzelne Familien an, die sich vom großen Haufen fern hielten, wie er, und ihren Ersatz da fänden, wo ihn das Schicksal auch ihm zugetheilt habe. Natürlicherweise theilte ich dem lieben Ehepaar die widrigen Eindrücke mit, welche mir die allgemeine Verkehrtheit des Strebens, durch Mittel und Zweck, bei meinen Landsleuten gemacht hatten. Sie stimmten mir in meinem Urtheil und meinen Ansichten bei, allein die Ursache des Uebels suchten beide Eheleute in ganz entgegengesetzten Ursachen. Laland beschuldigte die Weiber, an allem Uebel Schuld zu sein. »Du weißt ja, sagte er, wir waren gute Jungens, aber das Geschlecht hatten wir nicht studirt und über die Ehe nicht nachgedacht. Hätte mir meine Frau nicht mein Haus zum liebsten Aufenthalt gemacht, hätte sie nicht alle Vorzüge, welche ihr mein Herz gewannen, selbst geehrt und gepflegt, hätte sie nicht in der holden Scham, die mich als Liebhaber anzog, als Bräutigam entzückte, mich als Gatte in ihr stets die Geliebte wiederfinden lassen, indeß sie ihre Vernunft bekräftigte, ihren Geist anstrengte, ihre Geduld übte, um mir theilnehmende Gefährtin, berathende Freundin zu sein ein sittenloser Mensch wäre ich nie geworden, denn ich ehrte Gottes Ebenbild in mir, aber ich hätte mir eine Art Lebensglück gesucht, wie's die Umstände gestatteten, wäre wie Dein Schwager geworden, wenn Sara wie Dein armes Malchen e i n g e g a n g e n wäre« .... Frau Laland hatte während des Anfangs seiner Rede mit glühendem Gesicht und heißen Thränen ihres Mannes Hand an die Lippen gedrückt, gegen das Ende wollte sie ihn unterbrechen, er wehrte es ihr eine Weile, endlich schnitt sie ihm das Wort ab: »Eingegangen! rief sie, und die Thränen stockten in ihrem freundlichen Auge; eingegangen? O mein Gott, Heinrich, Du bist grausam! wenn der Gärtner ein Bäumchen aus dem Mutterboden in ein mageres Erdreich setzt, und ihm das Wasser kümmerlich zumißt, und es verbaut gegen Sonnenschein und Thau, dann seine bleichen Blüten, seine kraftlosen Früchte verachtet, und hingeht, andere Früchte, andern Schatten zu suchen, willst Du das Bäumchen schmähen, weil es einging? Lieber Heinrich, ich habe mit mancher Frau, der es wie Malchen erging, gesprochen; es kostete ihnen unzählige Thränen, ehe sie sich darein ergaben, so gar nichts zu sein! Anfangs empört sich das ganze Gemüth, ihr Mismuth macht sie unbillig, endlich ergeben sie sich, die Mutterliebe macht ihnen den Vater lieb, und aus innigem Bedürfniß nach Liebe, lieben sie ihren Verderber, verblenden ihren Verstand, lullen ihre Einsicht in Schlaf, und spinnen sich in ihr geistiges Grabtuch. Mattigkeit, Unterwerfung, Arbeit und Ausruhen, augenblickliches Wohlbehagen o Gott! ein armes, armes Leben, in dem die Pflichterfüllung das Triebwerk ist, wird ihr Loos.« »Und Weiber wie Julie ist?« fragte Laland erschüttert, aber begierig, die Apologie fortsetzen zu hören. »Bei Weibern, wie Julie, antwortete Sara, geht noch mehr zu Grund, wie bei jenen ergebenen Dulderinnen. In ihnen ist Widerstandskraft; weil sie unterscheiden können, verachten sie den Mann, der ihnen Haupt und Stütze sein sollte, und zu beiden keine Fähigkeit hat; aber die Natur rächt sich an ihrer ausgearteten Kraft; Verachtung befriedigt kein weibliches Herz; deshalb wird das ihrige schlechten Menschen zu Theil, denn fiel es einem edeln Manne zu, so leitete er die Unglückliche zu ihrer Pflicht zurück ....« »O Schwärmerin! rief Laland, und zog die Begeisterte an sich; siehst Du denn nicht ein, daß Du ein Betragen rechtfertigst, dessen Du nie fähig gewesen wärest?« »Ich, Heinrich? wie kannst Du dessen so sicher sein? wenn Du das Familienleben für ein Entbundensein jeder zarten Sitte gehalten hättest, wenn Du mich mit dem Betragen beehrt hättest, das Goethe von seinem Mephistopheles als Ausdruck rechten Wohlseins der lustigen Gesellen bezeichnet, glaubst Du, daß ich unermüdet in gesunden und kranken Tagen das Glück: *Mistress of the man I love* zu sein, durch jedes Opfer erkauft hätte? Nein, mein Freund, e i n g e g a n g e n wäre ich nicht, aber von dem Manne, den ich nicht mehr geachtet hätte, würde sich mein Herz abgewendet haben; hätte er sich beherrschen lassen, so hätte ich ihn zu seinem Besten beherrscht; hätte er mich tyrannisiren wollen ....« »Nun? dann?« fragte mein Freund, gerührt in ihre Augen sehend »dann hätte ich gehorcht, und aber pfuy! welche furchtbare Unnatürlichkeiten setze ich voraus!« »Aber, liebes Weib, Du vergißt ja e i n e Möglichkeit ganz und gar.« Sie blickte ihn fragend an. »Hättest Du nicht versucht, mich zu bessern?« Der Ausdruck seines Gesichts gab der Frage die nöthige Bedeutung, noch mehr die Innigkeit, mit der Sara sich an seine Brust warf. O, hätte mein gutes Weib diesen Auftritt gesehen! Ich setzte das Gespräch nicht fort, aber mein Schweigen segnete das edle Paar, und meine Sehnsucht nach meinen Lieben jenseits des Meeres war so heftig angeregt, daß ich die Einsamkeit suchte, um meine Empfindungen zu bemeistern.

Fußnoten

1 Das ist falsch und beschränkt geurtheilt. Der Deutsche, der eine Constitution hat, entwickelt auch Bürgersinn.